兒童文學叢書

・藝術家系列・

流浪的異鄉人

多彩多姿的

高更

羅珞珈／著

三民書局

國家圖書館出版品預行編目資料

流浪的異鄉人：多彩多姿的高更 / 羅珞珈著.－－二版
二刷.－－臺北市：三民，2017
　　面；　　公分.－－(兒童文學叢書. 藝術家系列)

ISBN 978-957-14-2741-6　(精裝)

1.高更(Gauguin, Paul, 1848–1903)－傳記－通俗作品

940.9942

© 流浪的異鄉人
　　　　——多彩多姿的高更

著 作 人	羅珞珈
發 行 人	劉振強
著作財產權人	三民書局股份有限公司
發 行 所	三民書局股份有限公司
	地址　臺北市復興北路386號
	電話　(02)25006600
	郵撥帳號　0009998–5
門 市 部	(復北店)臺北市復興北路386號
	(重南店)臺北市重慶南路一段61號
出版日期	初版一刷　1998年1月
	二版一刷　2007年1月
	二版二刷　2017年10月修正
編 　　　 號	S 853841

行政院新聞局登記證局版臺業字第○二○○號

有著作權‧不准侵害

ISBN　978-957-14-2741-6　（精裝）

http://www.sanmin.com.tw　三民網路書店
※本書如有缺頁、破損或裝訂錯誤，請寄回本公司更換。

·閱·讀·之·旅·

　　很早就聽說過藝術大師米開蘭基羅、梵谷、莫內、林布蘭、塞尚等人的名字；也欣賞過文學名家狄更斯、馬克‧吐溫、安徒生、珍‧奧斯汀與莎士比亞的作品。

　　可是有關他們的童年故事、成長過程、鮮為人知的家居生活，以及如何走上藝術、文學之路的許許多多有趣故事，卻是在主編了這一系列的童書之後，才有了完整的印象，尤其在每一位作者的用心創造與撰寫中，讀之趣味盈然，好像也分享了藝術豐富的創作生命。

　　為孩子們編書、寫書，一直是我們這一群旅居海外的作者共同的心願，這個心願，終於因為三民書局的劉振強董事長，有意出版一系列全新創作的童書而宿願得償。這也是我們對國內兒童的一點小小奉獻。

　　西洋文學家與藝術家的故事，以往大多為翻譯作品，而且在文字與內容上，忽略了以孩子為主的趣味性，因此難免艱深枯燥；所以我們決定以生動、活潑的童心童趣，用兒童文學的創作方式，以孩子為本位，輕輕鬆鬆的走入畫家與文豪的真實內在，讓小朋友們在閱讀之旅中，充分享受到藝術與文學的廣闊世界，也拓展了孩子們海闊天空的內在領域，進而能培養出自我的欣賞品味與創作能力。

　　這一套書的作者們，都和我一樣對兒童文學情有獨鍾，對文學、藝術更是始終懷有熱誠，我們從計畫、設計、撰寫、到出版，歷時兩年多才完成，在這之中，國內國外電傳、聯絡，就有厚厚一大冊，我們的心願卻只有一個——為孩子們寫下有趣味、又有文學性的好書。

　　當世界越來越多元化、商品化的今天，許多屬於精神層面的內涵，逐漸在消失、退隱。然而，我始終牢記心理學上，人性內在的需求——求安全、溫飽之後更高層面的精神生活。我們是否因為孩子小，就只給與溫飽與安全，而忽略了精神陶冶？

1

文學與美學的豐盈世界，是否因為速食文化的盛行而消減？這是值得做為父母的我們省思的問題，也是決定寫這一系列童書的用心。

我想這也是三民書局不惜成本、不以金錢計較而決心出版此一系列童書的本意。在我們握筆創作的過程中，最常牽動我們心思的動力，就是希望孩子們有一個愉快的閱讀之旅，充滿童心童趣的童年，讓他們除了溫飽安全之外，從小就有豐富的精神食糧，與閱讀的經驗。

最令人傲以示人的是，這一套書的作者，全是一時之選，不僅在寫作上經驗豐富，在藝術上也學有專精，所以下筆創作，能深入淺出，饒然有趣，真正是老少皆喜，愛不釋手。譬如喻麗清，在散文與詩作上，素有才女之稱，在文壇上更擁有廣大的讀者群；陳永秀與羅珞珈，除了在兒童文學界皆得過獎外，翻譯、創作不斷，對藝術的研究與喜愛也是數十年如一日用功勤學；章瑛退休後專心研習水墨畫，還時常歐遊四處欣賞名畫；戴天禾有良好的國學素養，對藝術更是博聞廣見；另外兩位主修藝術的嚴喆民與莊惠瑾，除了對藝術學有專精外，對設計更有獨到心得。由這一群對藝術又懂又愛的人來執筆寫藝術大師的故事，不僅小朋友，我這個「老」朋友也讀之百遍從不厭倦。我真正感謝她們不惜時間、心血，投入為孩子寫作的行列，所以當她們對我「撒嬌」：「哇！比博士論文花的時間還多」時，我絕對相信，也更加由衷感謝，不僅為孩子，也為像我一樣喜歡藝術的大孩子們，可以欣賞到如此圖文並茂，又生動有趣的童書欣喜。當然，如果沒有三民書局的支持、用心仔細的編輯，這一套書是無法以如此完美的面貌出現的。

讓我們一起——老老小小共同享受閱讀之樂、文學藝術之美，也與孩子們一起留下美好的閱讀記憶。

　　在現代的畫家中，無論是作品還是畫家本人的生活，都沒有人像高更那樣多彩多姿、高潮起伏，令人看得眼花撩亂的了。

　　高更的幼年是在南美洲的祕魯度過。異國風情的薰染使得他從小就覺得自己和其他的孩子都不一樣。等到他能自立了，他馬上就上船當了水手，遠航在世界各地，過著飄蕩不安定的生活。

　　等他二十五歲回到巴黎，他卻變成了一個成功的股票經紀人，穿著體面的衣服，周旋在商場上，賺了很多錢。可是好景不常，股票市場不景氣，高更失業了，他到處打零工，賺取菲薄的收入，怎樣也無法維持妻子和五個孩子的生活。所以他只好把家人留在丹麥妻子的娘家。從此以後，高更才專心畫畫。除了繪畫之外，他可以說是一無所有了。

　　雖然高更在物質生活上一無所有，但是在精神生活上，他卻得到了完全的自由。精神得到解脫的高更，正好可以將他隱藏在心靈深處的藝術天才全部發揮了出來。由於他沒有拘束，他才能夠超越當時的主流印象派；由於他敢於孤獨的居住在遠離文明的大溪地島上，他的繪畫作品才能夠出現極為大膽、令人驚訝不已的絢麗色彩和造型。

　　高更的為人和他的作品一樣，都是坦誠率直，毫不虛偽造作的。當我們觀賞高更的畫，我們立刻會被他原始的、濃烈的、強悍的顏色和線條吸引。但是，當我們再深一層的去了解他的作品，我們會發覺他對人生的無奈和對自由的追求，是那麼深深的打動我們的心靈。

羅珞珈

羅珞珈

　　出生於中國四川省重慶市，但是爸爸媽媽卻用湖北省的珞珈山當作她的名字。為什麼呢？大概因為珞珈山在爸爸媽媽心中留下許多美麗甜蜜的回憶呢。

　　八歲時，隨同媽媽逃離中國，在臺灣找到了爸爸。從此在花蓮和臺北過著快樂的日子。國立師範大學英語系畢業後，她結了婚，生了一雙既搗蛋、又會念書的兒女。1979 年，她帶著兒女到美國定居。

　　孩子念書時，她也重回聖荷西加州州立大學念書，得到圖書館資訊學碩士學位。現在史丹佛大學東亞圖書館做編目的工作。

　　除了寫兒童書之外，她也從事翻譯工作，作品包括：《約翰生傳》、《老人與海》、《悲劇性的開端》、《我──凱撒琳‧赫本傳》等。

高更

Paul Gauguin

1848~1903

1. 流浪的異鄉人

在現代眾多的西洋畫家中，無論是作品還是生活，都沒有比高更更為多彩多姿的了。

首先我們來看一看高更的模樣：他的身體十分的健壯，大大的頭顱，粗粗的四肢，厚實的肌肉，渾身充滿了用不完的精力。人們怎麼看他都不像是個用畫筆的畫家，說他是個流浪異鄉的水手，或者是在碼頭上搬貨物的苦力，相信的人可能還多一些呢。

一八四八年六月七日，高更出生在法國巴黎。由於高更很少提到他的父親，我們除了知道他在一家報社做編輯之外，其他有關他的事，我們就不很清楚了。

高更很為母親的家族而驕傲。他母親的祖先是西班牙的貴族，後來移居祕魯。高更的外曾祖父當過祕魯的總督，而他的外婆更是一個思想前進、才華過人的女作家。也許由於母親顯赫而帶有異族色彩的

神祕家世，高更從小就
感到自己和其他的小孩
子不一樣。

　　事實上，高更外婆
在法國和祕魯所過的那
種富有冒險性而浪漫的
生活，的確影響到高更
的一生。高更一輩子都
在動蕩遷移中過日子，
最後還客死在太平洋的
小島上，也許和他血液
中流動的冒險而浪漫的
遺傳因素有關係吧。

　　一八四九年，父母
帶著一歲的高更和兩歲
的姐姐離開巴黎，乘船

**高更的自畫像　1889–
1890 年**（油畫、畫布　38 ×
46cm　私人收藏）

　西洋的畫家在自畫像中，
都喜歡把自己的作品放在後
面做背景，就像替武士畫
像，會把他的矛和盾放在旁
邊一樣。

　高更把自己的兩件作品放
在自畫像後：一張充滿宗教
意味，筆觸柔美光潔的基督
像，和一個粗糙醜怪的貯放
煙草的陶罐。這兩件完全相
反，一點也不和諧的作品，
是高更故意安排的。我們多
少可以由此看出高更的心態
吧！

　高更的模樣十分特殊，南
美洲的血液使他的外貌充滿
了異國的情調，粗野的線
條、壯實的身軀，更像是一
個苦力或水手。

去祕魯的利馬市。高更的父親那時已經得了嚴重的心臟病，船還沒靠岸，父親就突然病發去世了，留下母親帶著兩個幼兒，去投靠她居住在利馬市的叔叔。

　　許多人都說，高更一生都在追求一種原始的、帶有神祕色彩的生活，和他幼年住在祕魯很有關係；溫暖潮溼的氣候，美麗芳香的花草，原始的環境，以及異國的風情，一直是高更最嚮往的。

　　高更幼年過的日子非常快樂。他住在有錢的外叔公家裡，有傭人伺候，說著高雅好聽的西班牙話，活潑健康的小高更，真是無憂又無愁。

　　有一天，高更的母親收到一封寄自巴黎的信。那封信結束了高更快樂的童年生活。原來高更的祖父在法國去世了，需要母親帶著兩個孩子，回巴黎去處理後事。

　　一八五五年春天，幼年高更回到了巴黎。他們家繼承到祖父的產業並不如想像中的多，因此，能過的日子也就談不上優裕。在學校，高更雖然聰明，但卻不怎麼用功念書。高更整天想的事，就是長大了到海上去當水手。他十分嚮往那種航行在大海，流浪在異鄉，飄泊在天涯的生活。

4

2. 出色的水手

　　大約在這段時期，高更接受了一些基本的繪畫訓練並且讀了一些藝術方面的書籍。他很喜歡在紙片上畫圖，用小刀在木塊上雕刻出各種花樣。有一次，一位鄰居太太看到高更雕刻的東西，很興奮的告訴高更的母親：妳這位兒子將來一定會成為偉大的雕塑家呢！高更後來說：不幸那位老太太並不是個成功的預言家，要不然，我可能早就成名了哩。

　　總之，我們相信，高更小的時候，大概沒有想過要去做個畫家。他一心一意在想著趕快長大，趕快出海去做個快樂的水手，在世界各地遊蕩。

　　母親對高更這種不好好讀書，只愛作夢的性情十分憂慮。但高更卻一點也不擔心，仍然無憂無愁的過著快樂的日子。

　　高更十七歲的時候，他的夢想終於實現了。他有一機

會上了一條來往於世界各地的商船。他隨船環繞於世界各地，到過智利、巴拿馬，甚至還遠航到過印度。高更是一個非常出色的水手，而且也很能享受海上那種無拘無束的自由。兩年之後，高更的母親去世了，他更是沒有任何牽掛。高更幾乎整年到頭都生活在海上，他還曾到過北歐和北極。等到他決心回到陸地上來過日子，他已經在海上遊蕩了整整六年之久了。

在那段時間內，高更在海上，從天之涯望到海之角，無論他怎樣望，也無論他在夢中望，或者在心中望，他從來也望不到有那麼一天，自己會成為一個偉大的藝術家。

經過了六年的海上生活，二十三歲的高更回到巴黎時，既沒有住的地方，也沒有職業，變成了道道地地的無業遊民。

不過，高更的運氣挺好，得到母親一位好朋友的幫助，進入巴黎一所銀行，做起股票經紀的事來。高更在銀行工作十分努力，學到了許多買賣股票

室內的阿莉奴　　1881 年（油畫、畫布　53 × 61cm　私人收藏）
阿莉奴是高更最疼愛的女兒。

的技術，變成一個相當出色的經紀人。高更過了十年穩定的日子。在這十年之中，高更娶了美麗溫柔的丹麥小姐美蒂為妻，生了五個孩子，賺了不少錢，讓他的家人過著富裕而幸福的生活。

3. 初見印象派

就在這段時間裡，高更開始表現出他對藝術的愛好和熱情。

高更的妻子美蒂後來回憶：那時，沒有一個人會想到高更將來會成為畫家。事實上，我們結婚以前，我一點也看不出來他對繪畫有任何興趣。結婚後不久，他開始每個星期天都出去寫生繪畫，他越畫越有興趣，越畫越入迷。雖然如此，他卻從來沒有想過要去找個老師正式學習繪畫。

那時候，巴黎有一批年輕的新畫家，他們非常不滿意古典畫派那種強調準確的細節，忽略光線效果的繪畫方法。他們發展出另外一種新的畫派，強調光影明暗對色彩的影響。他們認為，畫家在畫一張畫的時候，最重要的是把握繪畫當時畫家對景物所產生的印象，而不是一絲不差的描繪出該景物的實體。這一派的畫家被當時的人稱為「印象派」。

由於年齡相當，觀念也相合，高更很

冬日的花園　**1883 年**（油畫、畫布　117 × 90cm
私人收藏）

　　這是高更初期受印象派畫風影響下的作品。他的
雪景和其他印象派大師如畢沙羅、莫內等人十分相
似——他們同樣強調雪色的反光和雪花的質感。我
們看到畫中前景裡的兩位婦人，有很突出而明顯的
側影。

　　有人說這幅畫的背景是高更在巴黎住宅的後院。

　　當時的印象派畫家，幾乎千篇一律，喜歡用冒著
煙的煙囱來表現時髦的、工業化的城市風景。高更
這幅畫中的煙囱，只是安靜而不突出的背景。

快就和印象派的畫家們
成了好朋友。他自己的
畫也受到他們的影響，
走向了印象派的路線。

　　高更雖然沒有受過正規的繪畫訓練，
但是他既聰明，吸收能力又強，加上他的
天分和創意，不多久，他不但把印象派畫
家朋友的長處全學了過來，並且還加以發
揚創造，形成了自己獨有的風格。

　　那時候的高更在銀行做事，賺了不少
錢。他開始購買年輕印象派畫家的畫，而
且，還很熱心的幫助其他窮困的畫家出售
他們的作品。因此，高更受到所有印象派
畫家的歡迎。高更的股票生意越做越好，
而他對繪畫的熱情也越來越熱烈。美麗的
賢妻、可愛的孩子，生活對於高更真是太
優厚了。他心裡充滿了幸福與感激。

　　如果事情照這樣發展下去，高更很可
能一輩子都只是個成功的股票商人，一個
只在星期天畫點兒不錯的畫的業餘畫家，

兩個大溪地女子　1899 年（油畫、畫布　94 × 72cm　美國紐約大都會博物館藏）

　　這幅感覺強烈、色彩豐富的畫，可以說代表了高更對天堂的描述。在那裡，沒有人為金錢、為疾病、為世俗的禮節煩惱。大家都是天天真真、快快樂樂的。樹上開著豔麗的花朵供人採折，結著甜美的果子任人品嚐。

　　如果我們要問這張畫的主題是什麼的話，最好的答案是高更讓我們了解到什麼是「成熟的滋味」。成熟的女子，盛開的花朵，熟透了的芒果……多麼香甜清新的空氣瀰漫著……。

　　甚至，僅僅是個擁有大量印象派畫家作品的收藏家。

　　如果事情照這樣發展下去，西洋現代藝術史上，就沒有高更這個人物了，而我們也永遠無法欣賞到高更那些令繪畫界嘆為觀止，風格極為特殊的傳世之作了。

4. 高更失業了

事情發生得很快、很突然。這件事情的發生可以說摧毀了高更幸福的家庭，也讓高更陷進了終身貧困的泥淖。但是，卻因此造就了一個偉大的藝術家。

原來高更他任職的銀行破產了，緊接著，巴黎的股票市場全面崩潰。高更不但失去了職業，他辛苦賺來的財產和積蓄，幾乎在一夜之間，全部賠光了。

失業之後的高更，怎麼樣也找不到一份收入足以令全家人糊口的工作。他沒有別的法子好想，只好去做專業的畫家。

奇怪的是，高更不去上班，可以整天畫畫了，但他卻怎麼樣也畫不出一張好畫來。他畫出來的畫，一張也賣不出去。更糟糕的是，妻子和五個孩子，每天都需要填飽肚子。愁眉不展的高更，真是煩惱極了。

一八八四年十月，高更實在沒有其他辦法好想了，只好帶著一家大小，回到美

蒂在丹麥的娘家。

在丹麥，高更在一間製造帆布和防水布的工廠，找到了一份推銷員的工作；美蒂替人補習法語貼補家用；一家人的生活依然拮据，但是卻不至於挨餓受凍。

可是，熱愛藝術，喜歡和畫家朋友們聚在一起，談論繪畫，討論人生哲學的高更，生活在丹麥這樣保守而死氣沉沉的地方，做著買賣防水布這樣的小生意，真是令他感到厭煩透了。高更的脾氣變得越來越壞，整天皺著眉頭，臉上看不到一絲笑容，見到人既不打招呼，也不和人說話。高更的這種態度，使得美蒂又生氣、又心痛。

他是多麼嚮往碧藍的天空、遼闊的海洋！波濤洶湧的浪花，雪白的海鷗在天上自由的飛翔，巴黎的黃昏，路燈一盞盞亮了起來，街巷裡滿溢著鮮花和咖啡的香味……這一切多麼令人懷念，多麼令人嚮往啊！

高更在日記上寫著：為什麼一般人要求我們做藝術家的人，過著和他們同樣的生活，而我們卻從來不要求一般人，過和我們同樣的生活呢？

一八八五年六月，美蒂深深

穿晚禮服的美蒂　1884 年
（油畫、畫布　65 × 54cm　挪威奧斯
陸國立美術館藏）

感到，如果再這樣生活下去，高更整個人可能就從此被毀了。因此，她對高更說：去做你喜歡做的畫家吧！不要擔心我們這個家，我會好好照顧自己和孩子們，我會盡心盡力，把他們扶養成人。

於是，高更回到了法國，專心追求他做畫家的夢想。他和美蒂從夫妻變成好朋友。直到高更五十五歲在太平洋的大溪地小島上去世，他們兩人仍然繼續在通信。美蒂是高更這一生中最支持他、最了解他的人。

5.　畫家高更

　　沒有固定職業，沒有固定收入，沒有家庭的約束，也沒有名氣的拖累。高更擁有的是充分的自由和十足的信心。有生以來，高更第一次明白，他所追求的目標，就是要畫出一些與眾不同的好畫。他相信自己具備了做為一個傑出藝術家的天才和毅力，他現在最需要的就是時間。

　　離開美蒂和孩子們雖然令高更傷心，但是，得到精神和形體的絕對自由，卻比什麼都來得可貴。

　　當時巴黎的藝術氣氛真是生氣蓬勃。印象派已經進入了全盛時期，象徵派也漸漸成熟。許多前衛的畫家、文學家，每天聚集在街角巷尾的小咖啡館，交換他們的想法和看法。

　　高更在這樣生動活潑的氣氛下生活和工作，真是如魚得水。他說起話來，聲音宏大響亮，手勢又很誇張。高更常常說出一些在當時被認為是十分先進的話，讓聽

的人驚訝得目瞪口呆。

　　他說：我們官能的直接感受是最正確的，不受任何教條式的訓練影響。我們只要把自己的感受，真實的畫出來就會是一張好畫。

　　他又說：線條是無限長的，色彩是不需要解釋的。大膽去運用線條和色彩是繪畫的唯一出路。

　　就這樣，高更逐漸變成了印象派畫家們的領袖，他說的一些話也變成了印象派的繪畫理論哲學。

　　畫家高更雖然鋒芒畢露，但是在現實生活中，高更卻非常貧困，經常三餐都沒有著落。為了活下去，他只好到處去打零工，賺點小錢過日子。

　　高更寫道：我幾乎是一無所有的在生活，每天都深深體會到飢餓的滋味。餓久了，也就習慣了。有人說苦難的生活可以磨練出一個天才，這句話可能不錯。但是過分的苦難折磨，卻可以導致一個天才於死命。

　　經常在飢餓中掙扎的高更，在藝術的追尋上卻十分用功。他逐漸走出了印象派畫風的約束，開創出屬於自己的風格。他

15

已能夠更為自由的表達出造型心中的思想，所用的和色彩，也可以做到隨心所欲，誇張大膽，濃豔出奇。他的線條流暢，非常時髦新穎，很明顯的可以看出來他的畫風受到許多因素的影響。在那段時期內，影響高更最深的莫過於日本的版畫了。那種平面的、大片濃重色彩的鮮明搶眼感受，深受高更的喜愛。

傑可布和天使的格鬥

1888 年（油畫、畫布　73 × 92cm
英國愛丁堡蘇格蘭國家畫廊藏）

　　這是高更以宗教為題材的第一幅畫，也是最有名的一幅畫。在這裡，高更完全脫離了印象派畫風的拘束，開始建立起自己的風格。

　　這幅畫色彩濃豔。在高更寫給梵谷的一封信上，他說：這幅畫中的風景和格鬥的場面，只能在人們的想像中或在夢中才能發生，因此，我在布局上故意將其縮小，以有別於現實。

6. 好友梵谷

一八八六年十一月，高更認識了來自荷蘭的畫家梵谷。

高更和梵谷兩人的友誼和他們個性的差異所造成的衝突，在西洋藝術史上，是極為出名的。關於他們兩人的故事很多，也有各種不同的說法。

文生‧梵谷是一個熱情洋溢、充滿幻想、極富同情心和友愛的天才型畫家。梵谷的弟弟西奧在巴黎開了一間畫廊。那時候，沒有一個人認識梵谷，更沒有一個人欣賞他的畫。但是西奧卻深深了解到他哥哥的天才，他相信總有一天，梵谷的天才會被全世界的人欣賞。因此，他總是盡一切的可能，在經濟上支助梵谷，希望梵谷能夠安心繪畫，不要為一日三餐煩惱。由於西奧對梵谷的敬佩和摯愛，他對梵谷的朋友以及其他印象派的年輕畫家們，也同樣照顧。

認識高更以後，梵谷對高更在藝術方

面表現出來的才氣非常敬佩，對高更侃侃談論藝術哲理時思路的清晰和流暢，更是十分的傾倒。梵谷很天真的想，如果高更和他，還有其他志同道合的畫家，能夠離開巴黎繁華嘈雜的環境，住到法國南部鄉下，專心畫畫，一定會形成一股強大的勢力，變成很有影響力的「南方畫派」。

梵谷認為，有弟弟西奧在經濟上給他們支持，他的夢想，一定是可以實現的。

一八八八年十月二十一日，高更啟程前往法國南部阿爾，和梵谷住在一起，希望能夠彼此照顧，相互鼓勵，畫出一生中最傑出的作品。

他們住在一所漆成黃色的小屋子裡。為了節省開銷，他們自己洗衣煮飯。

有一天，梵谷煮了一鍋湯。在十年之後，高更仍然難以忘記那鍋湯的滋味:「總之，那鍋湯有各種不同的顏色和味道，簡直令人無法下嚥。我懷疑梵谷把顏料打翻在湯裡，就這樣端出來給我們喝……」

除了應付簡單的生活外，高更和梵谷兩人日夜不停的畫畫，產量豐富得驚人。

但是，要兩個性格極端相異的天才畫家每日生活在一起，是一件非常不容易的

事。尤其是脾氣暴躁的高更，他的意見特別多，老在批評梵谷畫畫的方法，不停建議梵谷多用大膽而原始的色彩，要他脫離印象派細緻精微的畫風。在繪畫方面，梵谷當然有自己的想法和看法，他根本不可能採納高更的建議。由於梵谷不聽話，高

梵谷在畫向日葵　　1888 年（油畫、畫布　73 × 91cm　荷蘭阿姆斯特丹國立梵谷美術館藏）

　　由於高更比他的朋友梵谷年長，因此他常常以老大哥自居，把梵谷當作小弟弟看待。在他們同住在法國南部短短的幾個月內，高更經常用教訓的口氣，「指導」梵谷如何作畫。高更希望梵谷從印象派的畫風跳出來。他認為梵谷的畫太瑣碎，又太複雜了。

　　高更用這幅他替梵谷畫的人像，來說明自己的觀點。他特別將畫中的背景，用幾塊簡單平塗的色彩表現出來，以證明這才是正確的畫法。

　　當然，天才橫溢的梵谷，不會聽高更的「教訓」——他自有他個人獨特的見解和畫法。

更非常生氣，脾氣更大了。

在日常生活中，高更是個整潔而有秩序的人；東西要放在固定的地方，飲食要定時，作息要有規律。但是，梵谷卻是個凡事都十分馬虎的人；東西亂放不說，吃飯睡覺沒有一定的時間，他做任何事都沒有特別的規律和方法，令高更十分頭疼。

他們在一起住了兩個月，到後來，演變到彼此實在受不了對方的地步。十二月二十六日，高更收拾好行李，匆匆離開了小黃屋，告別了梵谷，回到巴黎。

然而，這短短的兩個月時間，在西洋藝術史上，卻是影響深遠的。由於他們兩人在這段時間內的相互激勵，他們才能夠超越自己以往的藝術成就，並為日後的不朽奠定了基礎。此外，在高更和梵谷這兩位天才畫家的生命中，這兩個月相處的友誼，也是令他們終身難以忘懷的。

7. 遠走他鄉

　　高更回到巴黎後，生活仍然非常困難而不安定。他沒有工作，沒有收入，沒有家人，有時候，煩惱得連畫也畫不出來。他感到生活在巴黎這個地方，令人窒息。他極欲逃離現實，逃離法國，逃離人群。他覺得遠走他鄉是唯一的出路。

　　但是，一貧如洗的高更，連最起碼的路費都沒有，他能夠逃到哪裡去呢？

　　一八九〇年，高更決定遠走太平洋的小島大溪地。他寫道：我要遠離文明，我決定到大溪地去，而且決定在那裡終此一生。我相信我的藝術生涯到目前為止，仍然只是一粒種子，只有埋在原始而肥沃的土地裡面，它才會發芽開花結果。

　　一年後，高更仍然在巴黎混日子，原因是他怎麼樣也籌不出到大溪地的路費。

　　高更算來算去，去大溪地的路費，至少需要一萬法郎。要籌足這筆錢，唯一的辦法就是開一次籌款展覽會，盡量把自己

戴帽子的自畫像
1893–1894 年（油畫、畫
布　46 × 38cm　法國巴黎奧
塞美術館藏）

　　這幅自畫像完成於高更
搬去大溪地之後。畫中背
景仍然是他自己的作品。
　　這幅畫像高更並不是用
照片來當作藍本繪製的。
他的方法是用鏡子——對
著鏡子畫自己的樣子。因
此，我們看得出他的眼神
是那麼專注，微微瞇著的
眼睛，正在打量著如何在
畫布上下筆吧。

手上的畫賣出去。

　　籌款展覽會很風光的開了。畫評家一
致讚揚高更不同於一般畫家的獨特風格，
並且肯定他的藝術成就是前所未見的。高
更展出的畫，除了一張之外，全部都賣光
了。為了鼓勵高更遠走他鄉，追求在藝術
上更高成就的勇氣，政府還主動給了高更
一筆錢。高更在朋友聲聲的祝福中踏上了
去大溪地的行程。

　　一八九一年四月一日，高更乘船直航
太平洋。說起來也很奇怪，我們永遠無法
了解，為什麼正當高更在法國剛剛開始有
了點名氣，他的畫也有了買主的時候，他
卻決定離開法國，把自己放逐到遙遠荒野
的小島上去過日子。

你妒嫉嗎？ 1892 年（油畫、畫布　68 × 92cm　俄羅斯莫斯科普希金美術館藏）

　　大溪地的土人都在河裡沐浴。他們金黃色的身體，被碧綠的樹林襯托得輝煌而耀眼，為高更提供了豐富的繪畫題材。

　　這幅畫的題名，引起了人們的各種解釋和猜測。高更替這幅畫取了這樣一個畫題究竟是什麼意思？他想用大溪地土著的純樸天性，來向西方虛偽的文明社會挑戰，希望引起西方人的妒嫉嗎？或者，高更是希望觀賞這幅畫的人，妒嫉他在大溪地原始自然的生活方式？要不然，高更想讓其他的土人，妒嫉畫中那兩個女人？

　　不管畫家的本意是什麼，畫中平靜的溪水，畫中人色彩濃豔的肌膚，還有那感人至深的強力原始風情，都證明了這是一張世世代代都會流傳下去的傑作。

8.　大溪地

　　高更在船上六十四天，他沒有畫一張畫。他整天和船上的旅伴吃喝談笑，快快樂樂夢想著自己躺在熱帶森林環繞的沙灘上，或是無拘無束的在碧波中嬉戲……

　　我們相信，高更可能是歷史上第一位到大溪地定居的主要畫家。

　　大溪地雖然是法國的殖民地，但是卻沒有開發，到處都是原始的海岸和樹林。當地的土著從來沒有受過文明的洗禮，雖然野氣，但每個人都是那麼自然而純真，看不到任何虛偽的假面。自然純真剛好是高更一生所追求的最高境界。因此，他一上岸，馬上就愛上了這片土地和在這片土地上生活的土人。

　　可是，有一件事卻令高更十分煩惱。

　　原來高更一到大溪地，就被當地的官員安排住在白人聚集的城市裡。那裡有許多來自歐洲的商人、水手、軍官、政府官員、有錢的貴婦人和一些沒事可幹的流氓

拿斧頭的男人　　1891 年
（油畫、畫布　92 × 69cm　私人收藏）

痞子。他們過著純然歐洲式的生活，聊天飲茶，專門說長道短，散播流言蜚語。一個來自法國巴黎的真正畫家簡直是太稀罕了。所以他們都爭著邀請高更參加各種各樣的宴會。高更想：我好不容易才脫離了歐洲那種文明而虛偽的社會，跑到大溪地來，希望過一種原始而純潔簡單的生活，怎麼又陷入同樣令人厭煩的環境呢？難道我走了那麼遠的路，等了那麼久的時間，花了那麼多的心血，到頭來，我找到的東

進餐　1891 年（油畫、畫布　73 × 92cm　法國巴黎奧塞美術館藏）

西，卻是我一直想扔掉的東西嗎？

　　高更決定脫離白人居住的社會，搬到更荒僻原始的地區和土人們生活在一起。他認為只有如此，他的藝術境界才能有所突破。

　　大溪地的土著們非常喜歡高更，因為高更穿著和他們一樣的衣服，很熱心的學習土著講的方言。高更對土人十分親切和善，大家都爭著做他的模特兒。他們常常對高更開玩笑，由於他留著長長的頭髮，土人都叫他做「男的女人」。

　　高更向土人租了一間茅屋。屋前是一望無際的大海，屋後是一望無邊的樹林。翠綠的山岡、鮮紅的野花，土人們金黃的

皮膚在陽光下閃耀；藍色的大海，青色的天空、白色的浮雲……高更眼下跳動的色彩真是豐富瑰麗極了。

他迫不及待的開始工作。他背著畫架外出寫生，踏遍了小島的每一個角落。他日夜不停的畫著，靈感像潮水湧來不可抑止。

高更初到大溪地畫的一些畫，成了他藝術生涯中最重要的作品。其中包括〈拿花的女人〉、〈進餐〉、〈海邊上的兩個女子〉、〈拿斧頭的男人〉等。這些畫大部分都完成於一八九一年。

以大溪地為繪畫的主題，是高更和土著溝通的最好方法。藉由這種方法，高更可以了解他們的風俗習慣，可以知道他們喜歡什麼、害怕什麼。高更非常喜愛土人的天真純樸，也十

拿花的女人　1891 年
（油畫、畫布　70 × 46cm　丹麥哥本哈根奈卡盧斯堡美術館藏）

27

向聖母歡呼　1891–1892 年（油畫、畫布　114 × 89cm　美國紐約大都會博物館藏）

　　大溪地的風景使得這幅畫充滿了異國的情調，也使得對天堂的傳統概念變了樣。高更非常喜歡這幅畫，自認為是他得意的傑作。

　　畫左方有一個長著黃色翅膀的天使，引導出聖嬰耶穌和聖母瑪麗亞。豐盛的水果，開滿花的樹木，遠處的海洋和山脈，勾畫出天堂的氣氛。畫中的兩個土著女人，雙手合十，虔誠的望著頭上有光環的聖母和聖嬰，他們同樣也是大溪地土著的形象。在這張畫中，宗教是那麼簡單而純淨；沒有種族，沒有地域，沒有矯飾，只有單純自然的崇敬和禮讚。

分同情他們的貧窮和落後。

　　他在給美蒂的信上寫道：我能夠了解為什麼那些土人可以整天坐在樹下發呆。他們可以全然不動，憂傷的望著天空，望著大海，望著無邊無際的森林。我漸漸受到他們的感染，可以整天坐在一個地方，內心感到萬分的平靜和安詳。

　　高更經歷到他一生中從來沒有過的快樂。他寫道：每天早上，太陽昇起，我也跟著起來，快樂和工作的狂熱同時降臨。我的生命充滿了無比的幸福，我過著物質上最簡單的生活，但是我的內心卻十分平安而滿意。

9. 毀譽參半

　　不過，高更平安幸福的日子很快就結束了。他又面臨到貧窮困苦的老問題。他從巴黎帶來大溪地的錢，已經用得差不多了。日夜不停的畫，消耗掉的大量油彩顏料和畫布，需要錢來補充。而且，貧困的生活也直接影響到高更的健康。生了病，沒有錢，他不敢去醫院；住進醫院，為了省錢，等不到病好，又只好提前搬出來。

　　高更到達大溪地的頭幾年，雖然物質條件並不是太好，但是，他的畫卻驚人的

你什麼時候出嫁？　　**1892 年**（油畫、畫布　101.5 × 77.5cm　瑞士巴塞爾國家美術館藏）

　　這幅畫和〈你妒嫉嗎？〉是姐妹作。高更不但在同一時期內畫出這兩幅畫，畫中的主題也同樣是兩個大溪地的土著女人，她們也同樣擺出高更喜愛的蹲在地上的姿勢。我們也同樣不明白畫家為什麼要為這幅畫取這樣的題名。

　　是因為兩個女人中的一位要結婚了，所以另一個問她：你什麼時候出嫁呢？還是別的人詢問其中的一位女子，你什麼時候出嫁？果真如此，要出嫁的是哪一個女子呢？

　　畫中強烈的紅色、橘色、粉紅色，全集中在兩個女人穿的衣服上。前景平塗的大片顏色，和背景柔和的小塊顏色，造成有趣的對比。

成功。他畫出許多題材不同、布局各異、色彩令人不敢置信的傑作，留給後人一筆無價的財富。

那時，高更把畫好的畫寄回巴黎，希望能賣掉，賺點錢，以維持他在大溪地的開銷。然而法國藝術界對他的畫，卻是毀譽參半的。

許多人對高更創新的畫法非常欣賞。對他大膽的布局，尤其對他喜歡用鮮豔而誇張的色彩，大片大片平塗在畫布上的方法，讚賞有加。他們認為高更能夠不顧背景的細節，強調單純搶眼的色彩，也令人耳目一新。可是，另外有一些人卻極為看不慣高更誇張平板的畫風，說他的畫只是「在幾塊粗糙俗氣的顏色上，點綴著幾個呆板的泥人」而已。

沒有人買他的畫雖然令高更失望，但他對自己的作品，卻充滿了無比的信心。他說：我的繪畫和我的行為一樣，總是遭到人們嚴厲的批評和無情的指責。可是，終會有那麼一天，人們會認識我在藝術上的價值。我堅信自己是正確的。人們的讚美和辱罵，對我而言，不具有任何意義。

高更最嚴重的問題仍然是貧窮。

沒有錢，就沒有食物。沒有錢，就沒有畫畫的材料。一籌莫展的高更已經開始準備放棄他的藝術生涯了。為了畫畫，高

海邊上的兩個女子　1891 年（油畫、畫布　69 × 91.5cm　法國巴黎奧塞美術館藏）

更離開了親人，離開了朋友，離開了自己的國土。要做一個真正的藝術家，是一件多麼不容易的事啊！

正當高更想放棄做畫家的時候，他的一位有錢的舅舅過世了，留給他一筆不小的財富。

如果高更沒有得到這筆意外的收入，因而放棄他的藝術生涯。那麼，我們後世的損失會有多大，簡直令人不敢想像。

這筆意外收入的來到，使得高更鼓起了更大的勇氣，令他對自己的藝術前景，充滿了樂觀的希望和更大的信心。

10. 我們來自何處？
我們是什麼？我們去何方？

高更的命運和他的健康一樣，自一八九六年之後，越來越走下坡了。

首先，由於老房東的去世，高更被迫搬離他居住了多年，親手精心布置起來的畫室，令他十分傷心。他的身體，由於長期的奔波消耗，可以說已經到了百病叢生的地步。他的腿走不動了，全身的皮膚都乾裂開來，讓人以為他害了痲瘋病。他的心臟很不好，犯了好幾次心臟病。金錢上的困苦無法徹底解決，一次又一次的打擊著高更。他從大溪地寄回法國出售的畫，雖然有人叫好，但是卻賣不出去。他繼承的遺產，幾乎又用光了。高更每天都在海邊和樹林之間徘徊遊蕩。他回顧自己坎坷的一生，不由得淚如雨下。

一八九七年，高更的身體，幾乎衰弱到無法走動的地步，而他的精神，更是消

沉到了極點。在這種狀況之下，高更開始著手繪出他一生之中最為傑出的作品。他把這幅畫題名為〈我們來自何處？我們是什麼？我們去何方？〉

這張巨型的油畫是高更生平繪畫思想的結晶，也是他藝術成就的見證和總結。這張畫展現出來的是一個人從出生到死亡的過程，是人生中每一個階段的縮影。它是一首詩，寫出了高更生命的坎坷；它是一首歌，唱出了高更在大溪地多彩多姿的生活；它也是一本教授繪畫的範本，包括了許多繪畫的技巧。

現在，讓我們來仔細觀賞這幅傑作。

在這幅大約長十二英尺、高五英尺的油畫左右上方，是兩塊鉻黃色的角落。左角上題了字，右角上是高更的簽名。猛一看，就像一幅畫在金黃色牆壁上的壁畫，但在左右上方兩個角落，卻破了兩個三角形的小洞。

這幅畫得從右邊看到左邊。

在畫的右下角地上，躺著一個嬰兒，圍繞在嬰兒身邊的是三個女人。其中兩個女人正在聊天，她們似乎對生命的意義充滿了了解。另外一個彎著背的女人，在大小的比例上放大了很多，她身體的顏色也非常黯淡。她撐

我們來自何處？我們是什麼？我們去何方？　　1897 年

過頭來，望著那兩個明亮光彩的女人，眼中流露出驚訝的表情，好像在說：你們兩人怎麼可能了解生命的意義，並且預測這個嬰兒的命運呢？

　　畫的中央是一個年輕而壯實的男人，伸出手摘取成熟的果實，他讓我們看到成熟的生命是多麼豐富而美麗。

　　畫的左角有一個年老憂傷的女人。好像人生已經走到了盡頭，剩下來的只有病弱而接近死亡的身軀。

　　這幅畫的背景是設在樹林中的河邊。遠遠的地方有海，還有其他島上遙遠的山

影。整幅畫的顏色是由藍到綠，人物的顏色卻是大膽的橘黃色。

這幅畫呈現出人生的三個階段——出世，生活，死亡。

這幅畫也解答了畫題上的三個問號：

從嬰兒的身上，我們解答了——我們來自何處？

從青年的身上，我們解答了——我們是什麼？

從老婦人的身上，我們解答了——我們去何方？

11. 最後的日子

自從高更第一天踏上大溪地，他對法國政府統治這片殖民地的政策和方法就十分看不習慣。他經常用嚴屬的語言批評法國政府，還寫了不少文章，投遞到報社，譴責政府對土著不公平的待遇。後來，沒有任何報紙願意刊登他的文章了，他就自己辦了一份雜誌，取名叫《微笑》。高更既是發行人，是繪圖者，又是編輯，還兼作者。這本刊物在大溪地不但有名，而且還很暢銷。

走到生命末期的高更，他的身體狀況已不容許他像當年那樣全心投注在繪畫上了。但是，他同情大溪地土人，一心想維護殖民地土著權利的決心，卻一點也沒有動搖。為了土人們的福祉，他經常和政府官員起衝突。他的政治活動也越來越多。除了在《微笑》上畫諷刺性的漫畫譏笑政府官員之外，他還到處演講，鼓勵土人反抗政府。

白馬　**1898 年**（油畫、畫布　140 × 91.5cm　法國巴黎奧塞美術館藏）

　　這時候，高更又想出來一個新的花樣來和政府作對，那就是拒絕向政府繳納稅金。他不但自己不繳稅，他還去說服所有他認識的土著，不要再繳稅給政府。高更的這一個行動，令政府官員們生氣極了。

　　為了懲罰高更，政府官員經常叫警察把高更抓到法庭。打官司既花精力又花金錢。這兩樣東西都是高更付不出來的。因此，在高更生命最後的幾年中，他已經沒有體力去從事任何繪畫的工作。他的時間全花在法庭內和政府官員糾纏不休上了。

　　這種生活使得高更既灰心又失望，他頹喪極了。一位鄰居如此描寫著高更的晚年：「我認識高更以來，他都是那麼病弱和

憂傷。他很少離開他住的屋子。偶爾出來一下，也是拖著沉重的步子。他腳上纏著繃帶，穿著大溪地土著穿的最普通衣服，在腰上繫著一條花布裙，赤了腳，頭上頂著一頂學生才戴的小帽。」

即使如此，高更從來沒有放棄過以文字和漫畫，來諷刺政府對大溪地土著不公平的待遇。

一九○三年二月，為了替二十九位土著飲酒鬧事辯護，高更又被抓進法院。他的官司當然是輸了，不但被送進監牢，還被罰了巨款。高更的精神和身體已經再也承受不了這麼大的打擊。他實在太累了。

同年五月八日，高更因心臟病突發而去世。

大溪地的土著們從此失去了一位愛護他們、關心他們的好朋友。他們心裡感到萬分的悲傷。

有人說，直到今天，到大溪地遊玩的旅客，仍然可以聽見土著們淒涼的歌聲。

他們反覆唱著：

高更死了，我們也完了！

高更死了，我們也完了！

高更 小檔案

1848 年　6 月 7 日，出生於法國巴黎。

1849 年　全家乘船去祕魯。父親在旅途中病逝。

1855 年　返回法國。

1865 年　加入商船當水手，航行海外，環球航行，過漂泊而快樂的
生活。

1867 年　母親去世。

1871 年　回到巴黎，進入一間銀行做股票經紀人的工作。

1873 年　與美蒂結婚。

1874 年　與印象派畫家們成為好朋友。

1884 年　失業了，生活陷入困境，全家搬去丹麥。

1885 年　離開妻兒重回巴黎，以打零工為生。

1886 年　結識梵谷。

1888 年　10 月 21 日，啟程前往法國南部阿爾，和梵谷住在一起。
12 月 26 日，告別梵谷，重回巴黎。

1890 年　決定遠走到太平洋的小島大溪地。

1891 年　籌款展覽會成功。4 月 1 日，動身到大溪地，並在該島定
居。

1892 年　貧困潦倒，但仍日夜不停的作畫，完成許多重要作品。

1893 年　繼承了舅舅的遺產。

1896 年　命運和健康開始走下坡。

1897 年　完成〈我們來自何處？我們是什麼？我們去何方？〉一作。

1903 年　5 月 8 日，死於心臟病，大溪地土著同聲悲悼。

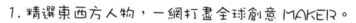